閱讀123

國家圖書館出版品預行編目資料

屁屁超人與飛天馬桶／林哲璋文；
BO2圖 -- 第二版. -- 台北市：
親子天下, 2018.06
96 面；14.8x21公分. --（閱讀123）
ISBN 978-957-9095-76-1（平裝）
859.6 107007070

閱讀 123 系列 —— 017

屁屁超人與飛天馬桶

作　　者｜林哲璋
繪　　者｜B O 2
責任編輯｜蔡忠琦　特約編輯｜小摩
特約美術設計｜杜皮皮
行銷企劃｜王予農、林思妤

天下雜誌群創辦人｜殷允芃
董事長兼執行長｜何琦瑜
媒體暨產品事業群
總經理｜游玉雪
副總經理｜林彥傑
總編輯｜林欣靜
資深主編｜蔡忠琦
版權主任｜何晨瑋、黃微真

出版者｜親子天下股份有限公司
地址｜台北市 104 建國北路一段 96 號 4 樓
電話｜（02）2509-2800　傳真｜（02）2509-2462
網址｜ www.parenting.com.tw
讀者服務專線｜（02）2662-0332　週一～週五：09:00~17:30
讀者服務傳真｜（02）2662-6048
客服信箱｜ parenting@cw.com.tw
法律顧問｜台英國際商務法律事務所．羅明通律師
製版印刷｜中原造像股份有限公司
總經銷｜大和圖書有限公司　電話：（02）8990-2588

出版日期｜ 2009 年 1 月第一版第一次印行
2023 年 6 月第二版第十五次印行
定　　價｜260 元
書　　號｜BKKCD109P
ISBN ｜ 978-957-9095-76-1（平裝）

屁屁超人
與
飛天馬桶
文 林哲璋 圖 BO2

目錄

騎驢老師

神祕小學的屁屁超人吃下爺爺種的神祕番薯，就能擁有飛行屁屁超能力。他和「哈欠俠」、「好話騎士」（哈欠俠就讀幼兒園的弟弟）時常利用超能力在學校幫助同學。

神祕小學的神祕校長偷學三人的超能力不成，懷恨在心，天天都想報仇。

神祕校長的神祕夫人建議：「成立超能力班，招收超能力學生，不但可以偷學小朋友的超能力，還能利用他們對付屁屁超人。」

「真是好主意！」為了報答夫人，校長答應每個月送她一顆大鑽石。

不久，千奇百怪的超能力小孩被編入神祕班，但是原來的導師上課不到十分鐘，就被救護車載走（他被超能力逼瘋了）。校長只好公告招聘「能教超能力班的超能力老師」。

由於先前導師的下場太悲慘，再加上擁有超能力的大人實在不多，所以根本沒什麼人前來應徵——直到報名截止當天，才來了一位騎驢子的老師。

校長問他憑什麼應徵，騎驢老師說：「從前，我的祖先騎著驢子數驢子，怎麼數都少一隻——沒數到他騎的那一隻——不過，他有恆心、有毅力繼續數，自己數了一輩子還不夠，規定後代子孫也要一起數……我一出生就開始數，想不到數著數著，就數出了超能力。」

校長聽得一頭霧水，但沒有別人來應徵，只好讓他試試……

「你們別白費力氣了！」在課堂上，騎驢老師對企圖用超能力作弄他的小朋友說：「我騎在驢子上就數不到自己，數不到自己就表示我不在這裡；如果我不在這裡，你們怎麼能作弄我呢……如果不相信，可以派代表到驢子上來！」

有個小朋友自告奮勇騎上驢子。他一數，果然班上少了一個小朋友。

「好厲害！」全班佩服得五體投地。

1 2 4 7

「恭喜！您被錄取了……」這時下課鐘響，校長馬上快步向前，握住騎驢老師的手：「不知老師您最擅長教哪一科？」

「那還用說？當然是——」騎驢老師想都沒想：「數學！」

模仿王

「模仿王」的爺爺是有名的捏麵人專家，不但會捏各種歷史、卡通人物，連左鄰右舍、來往行人都捏得跟真的一樣。

模仿王從小和爺爺住，他不會做捏麵人，卻很會模仿，又因為他姓「王」，所以大家都叫他模仿王。

模仿王不只模仿動作，他還會讓別人乖乖聽話，例如：

爺爺在餐桌上對著他說：「把胡椒粉遞給我！」

他也模仿爺爺的口氣說：「把胡椒粉遞給我！」

爺爺就會起身把胡椒粉遞給他，然後他再拿給爺爺。爺爺有些莫名其妙，模仿王卻覺得好玩又好笑。

還有一次，他在走廊上被校長叫住：

「喂，那個誰，把地上的垃圾撿起來，丟到垃圾筒！」

模仿王正趕著去操場玩，就學著說：「喂，那個

誰，把地上的垃圾撿起來，丟到垃圾筒！」

校長就像小學生一樣乖乖的撿起垃圾，四處找垃圾筒去了。

屁屁超人曾經拜託模仿王：「幫我擦一下黑板，好嗎？」

模仿王也學著屁屁超人的口氣說：「幫我擦一下黑板，好嗎？」

屁屁超人就自己把黑板擦乾淨，還向模仿王說：「謝謝。」

屁屁超人弄清楚模仿王的超能力後，想出了一個法子。他悄悄在模仿王耳邊說：「『我』幫『你』擦黑板。」

模仿王也說：「我幫你擦黑板。」

結果，模仿王真的幫忙擦了黑板。

從此，同學們知道該如何請模仿王幫忙了。

「模仿王，幫幫『你』……」有一天，好話騎士掛著兩行淚，跑來拜託模仿王。

「模仿王幫幫你。」模仿王說。

原來，最愛「霸」占同學「零」食和「零」用錢的「霸零」小子，搶走了幼兒園所有小朋友的零用錢、零食和玩具。

霸零小子從小就愛欺負人，日積月累練成了超能力。現在他只要瞪大眼睛、手插腰，小朋友就會自動把

零用錢、零食和玩具交到他手上。

模仿王走向霸零小子，霸零小子雙手插腰，瞪著模仿王說：「把你口袋裡的零用錢、零食和玩具，統統交出來。」

模仿王模仿霸零小子：「把你口袋裡的零用錢、零食和玩具，統統交出來。」

霸零小子果真把身上的零用錢、零食和玩具，交給了模仿王……

模仿王將東西物歸原主。

好話騎士高興的對模仿王說：「你太棒了！」、「你好帥！」、「我好喜歡你！」

模仿王也模仿好話騎士說：「你太棒了！」、「你好帥！」、「我好喜歡你！」

大家都好快樂。

但是，沒想到……神祕校長發現了模仿王的超能力！

校長故意在模仿王面前說：「我幫『你』洗腳。」

模仿王被校長那雙比超人屁

臭一萬倍的香港腳嚇個半死！

屁屁超人找騎驢老師求救。

騎驢老師一聽是校長惹的禍，馬上開始點人數……「耶？少了一個人……哎呀，少了我嘛！我不在這裡，有事別跟我說。」

更糟糕的是，校長用香港腳逼模仿王透露「如何練成模仿超能力」。

模仿王一邊吐，一邊哭：「嗚……我常觀察別人，別人做什麼，我就做什麼；別人說什麼，我就說什麼，日子一久，就有了超能力……」

校長回家對著鏡子，模仿鏡子裡的人，三天三夜都沒休息，竟然也練成了「學人精」神功。他決定利用這種能力，把神祕班學生的超能力統統偷學過來。

隔天一早，屁屁超人、哈欠俠和好話騎士陪模仿王來見校長。

校長心想：「乘機把他們的超能力一次偷學起來吧！」

「你們現在要做什麼？」

校長開始發動「學人精」神功：「我要跟你們一起做。」

模仿王哭喪著臉說：「校長，您耍詭計，害我每天都得洗您的香港腳，還要聞聞看有沒有乾淨。他們三個可憐我，說要來幫我……」

於是，學人精校長現在必須洗和聞自己的香港腳；不過，才洗了兩次，他就暈倒送醫了……

怪女孩

最近，神祕班的一位女同學當上學校的糾察隊長，每個小朋友都非常尊敬她。

有一次，這位女同學在走廊上捉拿一位亂丟垃圾的小朋友，不小心撞倒了屁屁超人，屁屁超人站都還沒站好，她已經指著屁屁超人的鼻子說：「這一切都該『怪』你！」

屁屁超人不這麼認為。

女同學從口袋裡拿出一面鏡子：「不然你看，罪魁禍首是誰？」

用膝蓋想也知道，屁屁超人面對鏡子會看到誰。但是……

「我道歉！」屁屁超人低頭賠罪。

「再看一次！」女同學命令著。

「我反省！」屁屁超人單膝下跪。

這下子，女同學才滿意的離開。

就是這樣喜歡怪東怪西，所以大家都叫她：「『怪』女孩」。

怪女孩快樂極了，不管她做什麼事，都沒有人會怪她；同學們可擔心死了，天天祈禱不要惹到怪女孩。

校長曾經在校門口責備怪女孩遲到，結果自己在魔鏡前足足進行了三百六十次的「道歉」和「反省」……

隔天，校長便指定了全校統一的作文題目：「我的超能力寶物」。

怪女孩寫的當然是她的寶貝魔鏡——

我的超能力寶物

我的寶物是一面魔鏡，我每天都要帶著它，這樣我就不會因為做錯事而被處罰。

我媽媽說這面魔鏡是外婆家的傳家寶貝。從很久很久以前，大約是媽媽的媽媽的媽媽的媽媽的媽媽

訂正

……就是我的曾曾曾曾……外婆的時代，她們就常常照著鏡子對自己說：「你真是世界上最完美的人。」（我也常常看到媽媽對著鏡子這麼說。）我求了好久，媽媽都不肯把鏡子借給我；幸好我趁她不在家時借了出來。後來

訂正

，媽媽看到我拿著鏡子，也沒有怪我。

我發現常常跟鏡子說話——尤其是說自己的好話，說別人的壞話——鏡子就會不斷的產生魔法，讓我擁有超能力。它真是太神奇了！

訂正

為了能夠一輩子不犯錯，我一定要好好保護我的鏡子。

P.S. 如果這篇作文寫得不好，這一切都該怪老師沒把我教好！

隔天，怪女孩和班上同學又吵了起來。她氣呼呼的從抽屜裡拿出鏡子，往面前一擺，問對方：「你說這一切要怪誰？」

同學回答：「怪你呀！」

「什麼？」怪女孩又問了一次。同學的手指穿過魔鏡，直接點著怪女孩的鼻頭說：「錯的是你，怪女孩！」

怪女孩這時候才發現她的魔鏡只剩下鏡框……

「是你說我們從魔鏡裡看到誰，就是誰錯！」全班同學異口同聲說。

「對不起，我會好好反省。」沒有魔鏡，就不能變身成「怪別人的怪女孩」，她不得不認錯。

「你不必因為道歉而感到不好意思，因為……」屁屁超人上前安慰怪女孩：「你現在有資格加入『道歉和反省俱樂部』了！」

一放學，全班同學拉著怪女孩前往屁屁超人家。超人媽媽早就在院子裡準備好巴比Q和果汁、蛋糕、餅乾，當然也少不了超人媽媽最拿手的巧克力布丁。

超人爸爸請來一班馬戲團，還安裝了旋轉木馬和摩天輪，整個院子變成了遊樂園。這就是「道歉和反省俱樂部」的同樂會——所有曾經道歉並反省過的小朋友都是會員。

從此以後，怪女孩經常道歉（就算不是自己的錯），卻比以前快樂一百倍！

那麼，怪女孩的魔鏡鏡片到哪兒去了呢？

過了很久很久，大家才找到——

有一天，因為校長不乖，督學來學校，要校長接受「用愛的小手打屁股」的處罰。

督學追著校長跑，校長挨了好幾下「愛的小手」後，眼睛突然露出凶光，打算抵抗到底！

他從懷裡拿出一個亮晶晶的東西，大喊：「千錯萬錯都是別人的錯——變身！」

在走廊上看熱鬧的怪女孩驚訝得說不出話來。屁屁超人和哈欠俠同時叫著：「那不是怪女孩的魔鏡嗎？」

「糟了，怪女孩的魔鏡超厲害，校長變身成『不會錯的錯校長』，督學一定不是校長的對手……」模仿王說。

不過，事實正好相反。面對魔鏡的督學不但沒有道歉與反省，還更加用力的拿「愛的小手」打「錯校長」的屁股……

騎驢老師正好經過，校長趕快跳上驢子，督學也跟著跳了上去。校長要督學數人頭，督學明明看到驢子上

有三個人，卻怎麼數都數不到半個人。

「既然我和校長都不在這裡，那今天就算了吧！」督學說。

校長的危機終於解除。

怪女孩從督學手中拿回魔鏡後，立刻打電話通知媽媽魔鏡找到了，還說了魔鏡失效的事。

怪女孩的媽媽說：「只有對方在乎你的感受時，魔鏡的魔法才會生效（所以媽媽只能把魔鏡用來對付爸爸）。因為媽媽愛你、老師疼你、同學讓你，才會向你道歉，讓你責怪。校長把魔鏡用來對付沒交情的督學，當然沒用。」

怪女孩恍然大悟，原來，過去自己都是用超能力來傷害身邊的人。

她決定把魔鏡交還給媽媽，永遠讓它被鎖在保險箱裡。

至於「道歉和反省俱樂部」，她一輩子都想參加！

可爱公主

可愛公主身穿蕾絲禮服，腳踩水晶鞋。她戴著公主皇冠，皇冠下永遠梳著公主頭。

「這是從哪兒冒出來的公主呀？真可愛！」第一次見到可愛公主時，屁屁超人這麼讚嘆。

屁屁超人幫忙同學撿回皮球和風箏時，總是會特別繞到教室去看看可愛公主；騎驢老師因此在家庭聯絡簿上特別註明：「請家長記得每天為小朋友準備口罩。」

可愛公主每天命令同學做這個、做那個，同學們完全沒有怨言。

有一次，可愛公主看見屁屁超人走近，故意把手上的星星權杖拋到樓下，並對屁屁超人說：「快，幫我撿起來！」

平常，屁屁超人都會選擇在空曠的地方起飛。但是這一次，他想都沒想，馬力全開，飛出走廊……

當他吹著口哨、帶著權杖飛回樓上，卻發現走廊上連半個人影也沒有。

教室裡，戴緊口罩的同學們都說：「『超人屁』熏暈了可愛公主，她被送去保健室了。」

「都是我害的……」闖禍的屁屁超人傷心極了。

小朋友都覺得，屁屁超人飛起來像一顆洩了氣的氣球。

神祕校長發現可愛公主「能命令別人做事」的超能力，立刻安排家庭訪問……

隔天，屁屁超人沮喪得連早餐都吃不下。上學時，因為沒吃番薯就沒元氣，元氣不足就放不出超人屁，屁屁超人飛到半路沒屁可放，只好緊急迫降，用跑的趕到學校。

一進學校，就遇到好話騎士哭著跑來求救。他的哥哥「哈欠俠」被校長抓走了。

屁屁超人趕緊跑到校長室。他沒看到校長，只見到哈欠俠趴在一臺夾娃娃機上，不停的吸。

「哈欠俠，你在做什麼呀？」

「偶美班發，撕消張筆偶的……蝦……蝦……」哈欠俠一邊說，一邊不停的吸。

透過好話騎士的翻譯，屁屁超人才明白——原來校長偷藏了一臺夾娃娃機。他投了很多錢幣，都夾不到娃娃，就逼哈欠俠把所有娃娃都吸出來！

這時，校長從門外走進來，看起來和平常不一樣。

屁屁超人指著校長的頭：「校長……您的頭髮？」

「哈哈，我已經學會『國王超能力』了！」校長大笑著說：「可愛公主的爸媽每天幫她梳公主頭，每天叫她『可愛小公主』，用超強的公主腦波，創造了公主超能力！而聰明的我，每天叫小朋友稱呼我『國王陛下』，還跑去剃了國王頭——國王的地位至高無上，不可以有任何東西站在國王頭上，就連頭髮也一樣，所以我理了金光閃閃的金光頭，好配合這頂金碧輝煌的『皇冠』！」

「皇冠……什麼皇冠？」

「傻瓜！這和『國王的新衣』一樣，『國王的皇冠』只有聰明人才看得見，你們這些小朋友都太笨啦，當然看不到。」

WAWAG!

神祕校長說完，立刻使出超能力：「現在，我命令屁屁超人爬著離開！」

屁屁超人馬上爬出校長室。

爬出校長室後，屁屁超人打算飛上空中偵查，但是早餐能量補充得太少，起飛不到一公尺，屁屁就用完，摔了個四腳朝天。

他摸著腫起來的屁股，一拐一拐的去找騎驢老師求救；不過，騎驢老師照樣又騎上驢子，數不到自己。

「這到底是什麼超能力呀？」屁屁超人的心裡又急又氣。

這時候，可愛公主自告奮勇要幫屁屁超人。

「喏，給你。這是我請媽媽向你爺爺買的番薯，我親手做成了『拔絲番薯』甜點。」可愛公主笑得很可愛。

屁屁超人的一顆心撲通撲通跳個不停。吃完番薯，立刻活力百倍！他背起可愛公主，提醒她戴上口罩，「噗——」一下子就飛到校長室門口。

可愛公主想對抗校長，可惜「國王」比「公主」大一級，公主超能力對校長無效，反而被校長下令喊一千次的「萬歲！萬萬歲！」

校長還拿起擴音器，命令全校同學對付屁屁超人。屁屁超人急忙和可愛公主升空，飛到大家的口水吐不到、鉛筆和橡皮擦丟不到的地方。

「校長實在太可惡了！」屁屁超人恨得咬牙切齒。

可愛公主卻說：「沒關係，校長的頭上看不到皇冠，等一下就有好戲看了。」

果然，奇怪的事情發生了——

「我要吃披薩！」

「我要吃漢堡！」

「我要喝果汁！」

小朋友在哈欠俠的帶領下，開始轉頭包圍校長。為校長做過事的小朋友，紛紛向校長要求獎品。

「天下沒有不勞而獲的超能力！我指揮同學做事，除了使用爸媽教我的公主腦波，還要靠平常幫助同學、跟同學分享點心和便當……等等來產生能量。

校長只想使用超能力，平常卻不日行一善累積能量，一定會發生可怕的事——就像上次我被超人屁熏昏一樣——這是我們家超能力的特性。」可愛公主指著她的皇冠說：「累積的能量越高，皇冠越清晰、漂亮！」

校長在小朋友的抗議聲中，變成了歪脖子。

「在魔法超能力還很流行的時代，國王超能力的副作用可不只是歪脖子，可能連頭都會掉下來。」可愛公主說。

直到校長宣布請全校的小朋友吃漢堡、披薩和果汁，並招待小朋友去遊樂園連續玩一個月，校長的脖子才好起來。

不過，那個月因為沒錢買大鑽石給神祕夫人，校長被罰跪算盤，結果傷了膝蓋。

平凡的超人

沒有超能力的小朋友，平常受屁屁超人許多幫助，大家都十分感激。為了報答屁屁超人，同學們一起合作，偷偷為屁屁超人做了件禮物……

屁屁超人拆開精美的包裝後，驚訝的說：「這不是廁所裡的馬桶嗎？」

「錯！這可是我們『平凡人科學小組』精心設計的『飛天馬桶』。」同學們七嘴八舌的搶著說明：

「長時間維持超人的姿勢飛行，一定非常累。有了飛天馬桶，屁屁超人就可以舒舒服服坐著飛……」

「我們雖然沒有超能力，但是我們請教了科學老師，還到圖書館查了許多資料……」

「飛天馬桶的動力來源仍然靠『超人屁』，不過我們把水箱改成高壓屁儲存筒。屁屁超人飛行時，飛天馬桶會自動將多餘的屁存進水箱……」

「一旦放屁放累了，或是屁沒了，按一下沖水按鈕，就能放出水箱裡的高壓屁，繼續飛行。」

「這禮物真是太棒了！」屁屁超人興奮不已。

平凡人科學小組把廁所的工具間打掃得十分乾淨，設計成屁屁超人停放飛天馬桶的神祕基地。

舉行試飛典禮當天，全校的小朋友和老師都來了。平凡人科學小組發放由超人媽媽贊助的飛天馬桶紀念版口罩，並叮嚀：「飛天馬桶起飛時，『高壓屁』最濃，大家要特別注意！」

「你們……真的沒有超能力嗎？」看著眼前這項神奇的發明，屁屁超人十分佩服平凡人科學小組。

「努力追求學問與知識，勇於發明和創新，或許也是一種超能力呢。」可愛公主說——她受邀擔任飛天馬桶水箱後座的特別來賓（水箱上設有椅墊和安全帶）。

科學小組先請屁屁超人將超人屁灌入水箱裡，再轉換成高壓屁——飛天馬桶必須靠最大動力啟動。如果後座還載人，起飛時強烈建議使用水箱高壓屁。

哈欠俠開始倒數了，大家紛紛戴上口罩。

「轟——隆隆！」飛天馬桶從神祕基地緩緩起飛，屁屁超人利用安全桿控制方向。

「咻——」屁屁超人加速後，載著可愛公主在雲間上下穿梭。一時間，學校上方的天空白茫茫一片，分不清是雲是屁。

有了「飛天馬桶」，屁屁超人可以飛得更高更遠了。

地面上，高壓屁的煙霧散去後，大家發現騎驢老師口吐白沫，昏倒在地。

「哎呀！剛剛發口罩時，騎驢老師沒拿……」哈欠俠驚訝的大叫。

「唉——！老師一定是沒數到自己，以為自己不在這裡……」模仿王無奈的說：「他怎麼那麼愛騎在驢子上啊？」

屁屁超人會客室

主持人：讓我們歡迎校長先生蒞臨「屁屁超人會客室」（拍手）！

校　長：大家好！

主持人：校長先生，請為我們介紹一下《屁屁超人》第二集的特色！

校　長：我想第一集和第二集最大的不同，就是加入了許多新成員，尤其是反派角色，我的好同事飾演「騎驢老師」，我太太還義務客串了「神祕校長夫人」一角……

主持人：您在第一集表現精采，第二集戲分依然吃重，可否談談您參與續集演出的心情及對劇中「神祕校長」的看法？

校　長：第二集「騎驢老師」搶走我不少風采，經我抗議之後，導演答應為我安排高難度的內心戲，展現邪惡神祕校長「性本善」的一面……

主持人：咦？我怎麼沒發覺？

校　長：內心戲設計在魔鏡「怪女孩」那段——魔鏡只對「在乎它主人」的人有效，神祕校長的「道歉與反省」洩露了他「在乎學生」的潛意識……連導演都誇我演技十分自然、不露痕跡，你當然很難發覺啦！

主持人：原來如此！（恍然大悟）

校　長：我想，神祕校長本性不壞，只是有些大人習慣傷害自己親近的人——真是小朋友的壞榜樣！唉！想到這裡，我……我……嗚……！

主持人：校長先生……您怎麼哭啦？

校　長：我……想起……我親愛的太太就常常傷害我！嗚……

主持人：看來，校長夫人的演技也很生活化呀！喂！校長先生……您別賴在地上哭啊！我們……我們進廣告……喔！不……「屁屁超人會客室」我們下集再見！

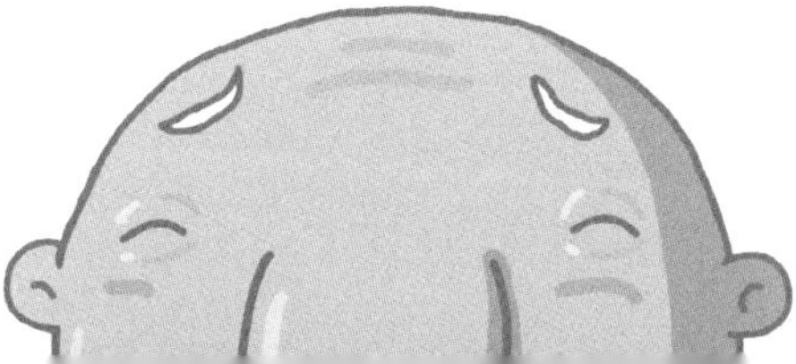

企劃緣起

讓孩子輕巧跨越閱讀障礙

◎親子天下執行長　何琦瑜

在臺灣，推動兒童閱讀的歷程中，一直少了一塊介於「圖畫書」與「文字書」之間的「橋梁書」，讓孩子能輕巧的跨越閱讀文字的障礙，循序漸進的「學會閱讀」。這使得臺灣兒童的閱讀，呈現兩極化的現象：低年級閱讀圖畫書之後，中年級就形成斷層，沒有好好銜接的後果是，閱讀能力好的孩子，早早跨越了障礙，進入「富者越富」的良性循環；相對的，閱讀能力銜接不上的孩子，便開始放棄閱讀，轉而沉迷電腦、電視、漫畫，形成「貧者越貧」的惡性循環。

國小低年級階段，當孩子開始練習「自己讀」時，特別需要考量讀物的文字數量、字彙難度，同時需要大量插圖輔助，幫助孩子理解上下文意。如果以圖文比例的改變來解釋，孩子在啟蒙閱讀的階段，讀物的選擇要從「圖圖文」，到「圖文文」，

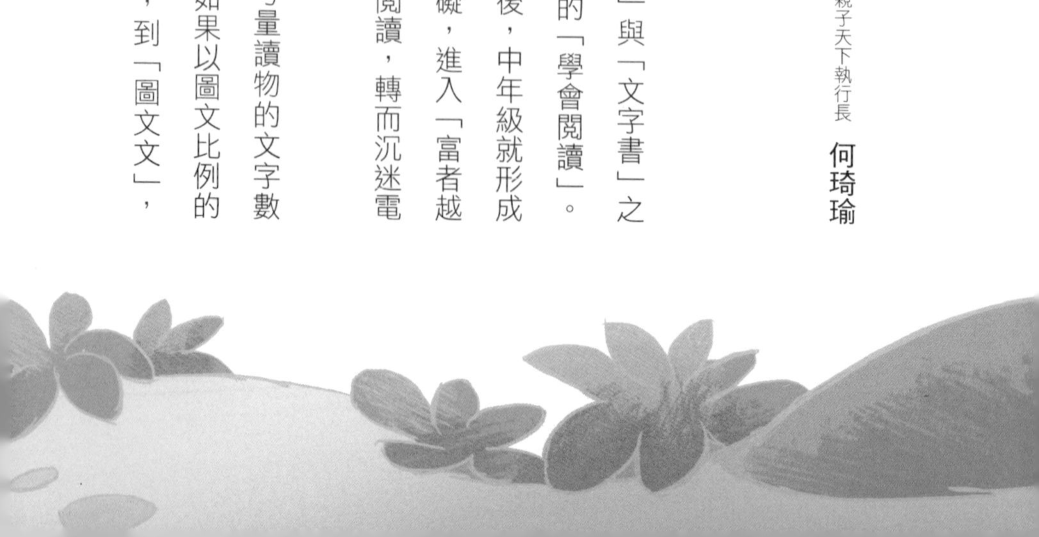

再到「文文文」。在閱讀風氣成熟的先進國家，這段特別經過設計，幫助孩子進階閱讀、跨越障礙的「橋梁書」，一直是不可或缺的兒童讀物類型。

橋梁書的主題，多半從貼近孩子生活的幽默故事、學校或家庭生活故事出發，再陸續拓展到孩子現實世界之外的想像、奇幻、冒險故事。因為讓孩子願意「自己拿起書」來讀，是閱讀學習成功的第一步。這些看在大人眼裡也許沒有什麼「意義」可言，卻能有效引領孩子進入文字構築的想像世界。

親子天下在二〇〇七年正式推出橋梁書【閱讀123】系列，專為剛跨入文字閱讀的小讀者設計，邀請兒文界優秀作繪者共同創作。用字遣詞以該年段應熟悉的兩千個單字為主，加以趣味的情節，豐富可愛的插圖，讓孩子有意願開始「獨立閱讀」。從五千字一本的短篇故事開始，孩子很快能感受到自己「讀完一本書」的成就感。本系列結合童書的文學性和進階閱讀的功能性，培養孩子的閱讀興趣、打好學習的基礎。讓父母和老師得以更有系統的引領孩子進入文字桃花源，快樂學閱讀！

閱讀123